Les Quatre Saisons de Simon

GILLES TIBO

LIVRES TOUNDRA

Publié au Canada par Livres Toundra,
75, rue Sherbourne, Toronto (Ontario) M5A 2P9

Publié aux États-Unis par Tundra Books of Northern New York
Boîte postale 1030, Plattsburgh, New York 12901

Fiche de la Library of Congress (Washington) : 2006905106

Catalogage avant publication de Bibliothèque et Archives Canada

Tibo, Gilles, 1951-

      Les quatre saisons de Simon / Gilles Tibo.

Regroupe: Simon et le vent d'automne, Simon et les flocons de neige,

      Simon fête le printemps et Simon et le soleil d'été.

Pour les 4-8 ans.

ISBN-13 : 978-0-88776-794-4

ISBN-10 : 0-88776-794-X

      I. Titre.

PS8589.I26Q38 2006   jC843'.54   C2005-907457-4

ONTARIO ARTS COUNCIL
CONSEIL DES ARTS DE L'ONTARIO

Nous remercions le Conseil des Arts du Canada et le Conseil des arts de l'Ontario de l'aide accordée à notre programme de publication. Nous reconnaissons l'aide financière du gouvernement du Canada par l'entremise du Programme d'aide au développement de l'industrie de l'édition pour nos activités d'édition.

Imprimé en Chine

1 2 3 4 5 6   11 10 09 08 07 06

À Marlène et Simon

Simon
et les délices
du printemps

J'aime le printemps.

Lorsque la neige commence à fondre,

je cours dans la prairie pour jouer du tambour.

Je suis tellement heureux
que j'encourage les fleurs à pousser.

Avec Marlène, je construis des maisonnettes
pour les oiseaux et je joue de la flûte.

Je souhaite la bienvenue à mon nouvel ami,
le joli petit lapin.

Je visite la grande forêt des érables.

Et je vais chercher du sirop sans déranger
mon ami l'ours, qui se réveillera bientôt.

Je me balance sous mon arbre préféré...

Ensuite, je fête le printemps en
compagnie de tous mes amis !

Simon

et les joies de l'été

L'été, j'aime écouter le chant des oiseaux
et les murmures du ruisseau.

En silence, je marche jusqu'à l'étang.

Un ! Deux ! Trois ! Hop !
- WRABIT ! WRABIT ! WRABIT !
Je fais chanter les grenouilles.

Sur mes longues échasses, je rends visite
à monsieur Potiron, le vieux héron.

Je rejoins Marlène

qui s'amuse dans la prairie.

Ensemble, nous fabriquons des fleurs
géantes pour nos amis les papillons !

Je sais bien que je ne peux pas enfermer
le soleil dans ma boîte de carton.

Mais je peux jouer au ballon

avec tous mes amis !

Simon
et les plaisirs
de l'automne

L'automne, j'aime écouter le vent
qui souffle sur les champs.

Je fais de grosses bulles.

Elles s'envolent jusqu'au bout du monde.

Sur la colline, je discute avec
monsieur l'épouvantail.

Puis, avec Marlène, je dis au revoir

aux oiseaux migrateurs.

Je sais bien que je ne peux pas
m'envoler vers le sud.

Mais, avec mon cheval de bois, je peux
faire une course contre les nuages.

Lorsque la pluie commence à tomber,
je cours me mettre à l'abri.

Au retour du beau temps, je fais voler mon
cerf-volant en compagnie de tous mes amis.

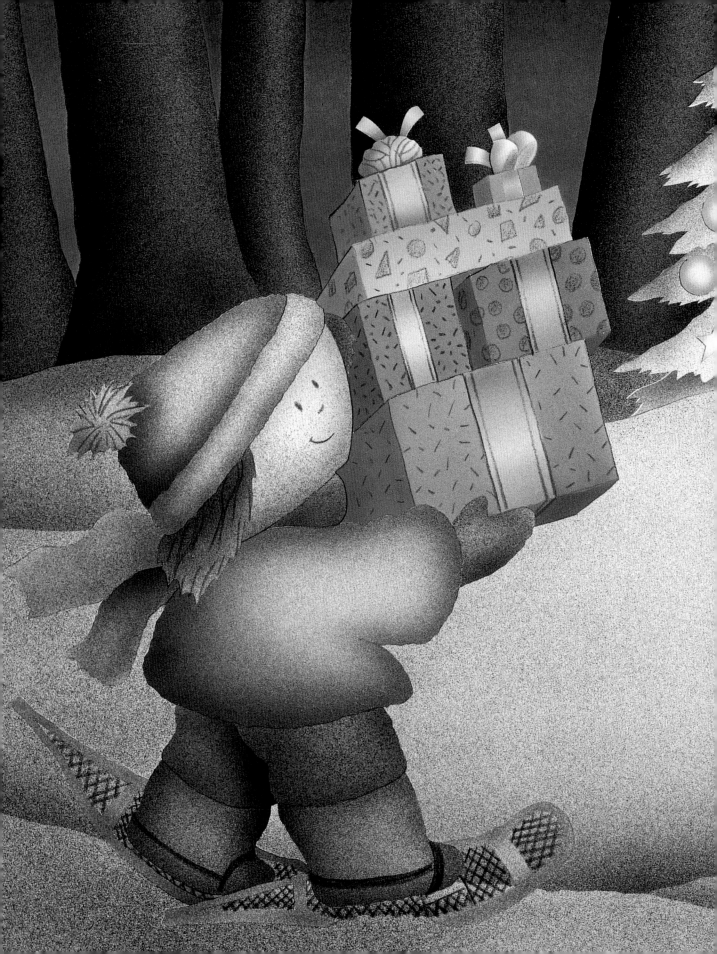

Simon
et les bonheurs
de l'hiver

J'aime l'hiver. Un, deux, trois, quatre...
j'essaie de compter les flocons de neige.

Mais, à la première rafale,

impossible de continuer.

Combien de flocons tombent

sur chaque oiseau ?

Et combien faut-il de flocons pour
faire un bonhomme de neige ?

Marlène et moi, nous essayons de compter les étoiles.

Mais, soudainement, elles filent dans le ciel.

Je vais souhaiter une bonne nuit à
madame la lune.

Puis, bien emmitouflé,
je fais un grand tour de traîneau.

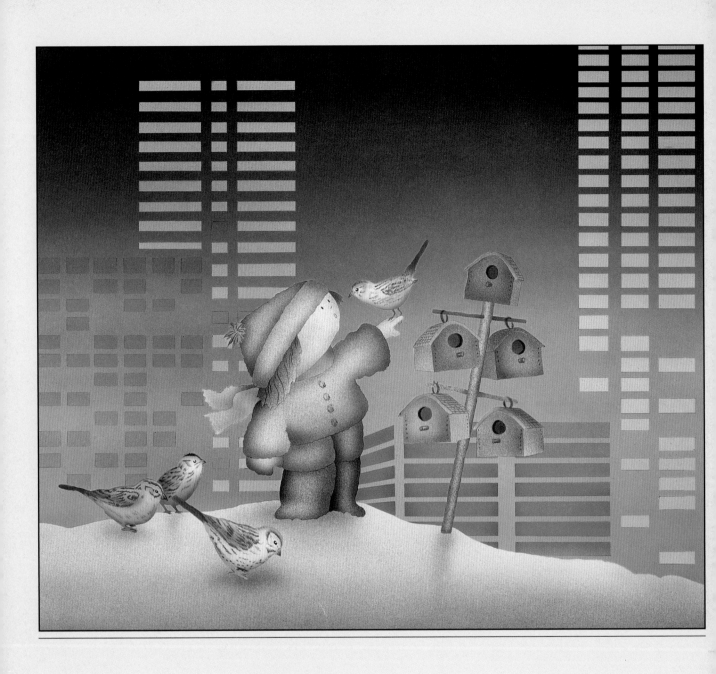

Je ne peux compter ni les flocons
de neige ni les étoiles dans le ciel...

Mais, en toute saison,

je peux compter sur mes amis !